COTTON CLOUD REFUSES TO RAIN

First Published in the UK by Five Quills in 2023

Text copyright © Elizabeth F. Hill 2023

Illustrations copyright © Hannah George 2023

版权贸易合同登记号 图字：01-2024-3483

图书在版编目（CIP）数据

不想下雨的棉花云 /（英）伊丽莎白·F. 希尔著；
（英）汉娜·乔治绘；吉祥译 . -- 北京：电子工业出版
社 , 2024.9. -- ISBN 978-7-121-48431-5

Ⅰ . I561.85

中国国家版本馆 CIP 数据核字第 20249KR678 号

责任编辑：翟夏月

印　　刷：河北迅捷佳彩印刷有限公司

装　　订：河北迅捷佳彩印刷有限公司

出版发行：电子工业出版社

　　　　　北京市海淀区万寿路 173 信箱　　邮编：100036

开　　本：787×1092　1/12　印张：3　字数：17.33 千字

版　　次：2024 年 9 月第 1 版

印　　次：2024 年 9 月第 1 次印刷

定　　价：45.00 元

不想下雨的棉花云

[英] 伊丽莎白·F. 希尔 / 著　　[英] 汉娜·乔治 / 绘　　吉祥 / 译

电子工业出版社
Publishing House of Electronics Industry
北京 · BEIJING

"我想成为有史以来最棒的云朵，我要让所有人都因我而感到快乐！"棉花云高声宣布道，"积云、层云和卷云他们会教我该怎么做的。"

"那雨层云呢？"瀑布问道。

"对呀，雨层云对所有湿哒哒的东西都了如指掌。"太阳和风爷爷赞同道。

棉花云颤抖了一下："你们是说那个动不动就发脾气打雷，还总是阴沉沉的，下着悲伤又乏味的一阵又一阵没完没了的雨水的雨层云？可别开玩笑了！"

于是，蓬松的积云教棉花云
如何制作飘浮在天上的云朵城堡。

和蔼的层云向她展示如何低低地悬
在空中拥抱地平线。

而卷云则训练棉花云在穿越天空时，该如何轻轻地抖动她轻盈的长尾巴。

阴沉的雨层云隆隆作响地嘟囔着：
"可是棉花云，你必须学会下雨。"
"胡说，胡说，胡说，雨层云！"
棉花云大声拒绝："我现在知道什么
能让人们感到快乐。"

有时，棉花云会玩猜谜游戏。

"快看！"人们对着天空叫道，
"有一只乌龟！"

"有一头狮子！"

"有一只鹰！"

正午很热的时候，棉花云会挡住太阳的光线。

"棉花云给我们带来了阴凉！"人们称赞道。

每天黎明和黄昏的时候，棉花云都会披上明亮鲜艳的色彩，
然后挥手说一声"早上好！"或者"晚上好！"。
人们也会跟着回应："哇哦，快看棉花云！日出和日落真美啊！"

时间一天天过去。棉花云开心地看着人们在湖里嬉戏，并浇灌他们的植物。

棉花云和植物都长得又高又壮。

有一天，风爷爷吹过来说："小棉花，我的风把土壤都吹干、吹跑了。
人类的植物现在不能生长了，也许你应该学着下雨。"

"我才不要，"棉花云坚定地说，
"我是坚决不会下雨的。下雨总会让人感到伤心和难过。"
风爷爷摇了摇头，转着圈飘走了。

人们更加努力地给植物浇水。
但植物还是被晒伤了，逐渐变蔫枯萎。

太阳劝说："小棉花，你必须给人们送去雨水。"
"别犯傻了，太阳。"棉花云回答道。

"我是坚决不会下雨的。下雨总会让人感到伤心和难过。况且，湖里的水明明已经很充足了呀。"

瀑布偶然间听到了他们的对话，他接着劝说："小棉花，湖里的水位正在变低。或许，你必须送来些雨水了。"

"瀑布，你怎么也这样认为？"棉花云有点不高兴，"下雨会让人们感到伤心和难过。我是坚决不会下雨的。倒是你，应该让湖里的水满起来，这样人们才能洗澡、喝水还有浇灌他们的植物。那样才会让他们感到快乐！"

不久后，湖水也干涸了。土壤开始龟裂，然后被风吹散。

植物枯萎、凋谢，人们变得又疲惫又饥饿，脾气也越来越暴躁。

他们眯起眼睛瞪着炽热的太阳，抱怨道："希望明天不要再这么晒了！"

节约
用水

什么样的猜谜游戏都不能再让他们
感到振奋和喜悦了。任何一次日出或
者日落，都不能再让他们展开笑容了。

棉花云去找风爷爷："风啊，风啊，请你为人们吹来更多凉爽的空气吧。"
但风爷爷回答说："没有用的！太阳照耀下的空气实在是太热了。"

棉花云跑去责备太阳："太阳啊，太阳啊，你的光芒太强烈了，带来的热量正在杀死植物并让湖水干涸！"

太阳回答道："我又没有冷却开关。如果瀑布不向湖里送水，我也没有办法呀。"

"都怪瀑布！"棉花云生气地说，"我会告诉他，让他快快送些水来。"

但当棉花云到瀑布那里时，
瀑布只剩下一小股细流了。
"我也想给湖里送些水去，"
瀑布气喘吁吁，
"但是我正在干涸。
我也可能会消失。"

突然，雨层云的声音轰隆隆地在天地间作响：
"这都是你的错，棉花云，都怪你不肯下雨。
你从太阳、风和瀑布那里得到水蒸气成长，
但却没有回馈雨水给大地，
你真是太自私了！"

棉花云看着虚弱的瀑布，

她看着炽热的太阳和越来
越干燥的风，

她看着空荡荡的
湖泊和龟裂的土壤，

她看着所有正在枯萎凋零的植物，
她看着悲伤又消瘦的人们……

棉花云充满了悲伤，身体越来越膨胀。

一滴泪水缓缓地悄然滑落，泪水变成了小雨点，小雨点又变成了阵雨。

雨层云马上聚集了其他云朵，他们一起哭泣，然后轰隆隆地打着雷。

棉花云以为这个世界不再有快乐。

风爷爷低声说："干得好，小棉花！我要把你吹到更遥远的西部，这样你就可以把雨水洒到各个地方了。"

太阳疲惫地闭上眼睛，长呼了一口气放松下来：

"谢谢你，小棉花。我都快要烧坏了，真是太疲惫了，我必须好好休息一下。"

瀑布奔涌着赞美道："你是天空中最美妙的云朵，小棉花！"

"但是我的雨让人们感到悲伤和难过。"棉花云大哭着回应。

"不是这样的，"瀑布
用他汩汩流淌的声音安
慰棉花云，"快看！"

棉花云看到人们在雨中
欢快地笑着、闹着。

他们的植物翠绿又饱满，一个个都挺直了身子。

棉花云的心终于放松下来。

人们大声地喊着："快看小棉花用她的雨创造了什么！她和日出、日落一样美丽绚烂。"

棉花云看向远方，她看到……

……一道彩虹！

棉花云感到一阵从未有过的喜悦。
现在，人人都很开心！